ALBERT CARRÉ

# LES THÉATRES

## EN ALSACE-LORRAINE

DE LEUR RÔLE

DANS LA PROPAGATION DE LA LANGUE FRANÇAISE

EN ALSACE-LORRAINE

ET DANS LE PERFECTIONNEMENT DE SA PRONONCIATION

LIBRAIRIE BERGER-LEVRAULT

NANCY - PARIS - STRASBOURG

—

1919

LES

# THÉATRES EN ALSACE-LORRAINE

Si l'Alsace-Lorraine, pendant près d'un demi-siècle, a résisté victorieusement à la manière forte comme à la manière douce, employées alternativement, sans plus de succès, par l'Allemagne pour la détacher de la France, pour la détourner de l'obstiné souvenir qu'elle gardait à sa patrie regrettée, si son cœur ne s'est laissé intimider ni séduire, il faut reconnaître que ses populations rurales et ouvrières n'ont opposé qu'une moindre résistance à l'emploi exclusif qui leur fut imposé de la langue allemande, laquelle, par malheur, leur était plus familière que la française.

Le Gouvernement français d'avant 1870, qui n'avait pas eu la précaution de mettre Strasbourg en état de défense en entourant notre principale forteresse de l'Est des ouvrages avancés réclamés par les moyens d'attaque modernes et par les progrès de l'artillerie, avait, de même, laissé imprudemment la clef sur la porte par où l'ennemi allait tenter de pénétrer dans l'intimité de la pensée alsacienne et s'y proclamer chez lui.

Les raisons véritables de l'annexion de l'Alsace-Lorraine en 1871 ont été reconnues par le roi de Prusse Guillaume Ier dans la lettre autographe adressée par lui, au mois d'octobre 1870, à l'impératrice Eugénie, que M. Pichon, ministre des Affaires étrangères, a fait connaître, le 1er mars 1918, à la Sorbonne.

L'Allemagne, disait cette lettre, qui prévoit une nouvelle guerre avec la France, entend mettre ses frontières à l'abri des armées ennemies en créant, entre elle et sa voisine, une zone de protection. L'Alsace sera cette zone, d'avance vouée aux dévastations guerrières, sorte de champ clos offert aux rencontres périodiques et fatales des deux peuples ennemis.

C'est la théorie du « glacis », chère au feld-maréchal de Moltke et que le comte de Bismarck, paraît-il, avait combattue.

Le prétexte invoqué pour rattacher à l'Allemagne cette zone préservatrice, fut que nos provinces de l'Est devaient être considérées comme étant des pays de langue allemande et, par conséquent, destinés à être absorbés par la plus grande Allemagne.

Et le prétexte, malheureusement, ne manquait pas de fondement.

On parlait beaucoup trop l'allemand en Alsace-Lorraine avant 1870.

Les départements du Bas et du Haut-Rhin comptaient peu d'illettrés. Tous nos paysans d'Alsace savaient lire, mais leur instruction française s'arrêtait au *b-a ba* de l'école primaire et ne se prolongeait que par l'étude du catéchisme. Or, cette étude se faisait en allemand, comme aussi le sermon du dimanche. Les quelques vestiges de langue française conservés dans nos campagnes ne tardèrent donc pas à disparaître aussitôt que, en vertu de la loi du 31 mars 1872, l'allemand fut décrété la langue officielle du Reichsland.

La bourgeoisie des villes se montra moins résignée à sacrifier une langue dont l'emploi allait être pour elle le symbole de la résistance et de la protestation. Elle s'appliqua à en conserver religieusement l'usage. Dans plus d'un intérieur, où, avant 1870, on trouvait commode de s'exprimer en patois, ce fut le français qui devint le parler coutumier; de vieux Alsaciens, qui ne l'avaient jamais su qu'imparfaitement, se mirent à l'apprendre, avec la secrète jouissance de se livrer à quelque chose de défendu. Et, comme l'enseignement du français, banni des écoles primaires, ne figurait plus sur le programme des collèges et des pensionnats qu'au nombre des arts d'agrément, entre le piano et le dessin d'ornementation, des sociétés se formèrent, parmi les dames et les demoiselles des classes aisées, qui se donnèrent pour mission de sauver de l'oubli le langage sacré. Je sais de belles jeunes filles qui renoncèrent à se marier pour se vouer à cet apostolat.

Des cours de français s'organisèrent.

On s'y rendait, le soir, en longeant les murailles, car pareilles réunions étaient interdites. Les jeunes élèves ne manquaient pas, en s'y transportant, de se comparer aux premiers chrétiens qui, pour confesser leur foi, se dissimulaient dans les catacombes de Rome. Cette pensée leur inspirait de la gravité et stimulait leur zèle. Les sœurs de Ribeauvillé, M^lle Thoman, qui dirigeait, à Guebwiller, l'école supérieure des filles, d'autres encore, luttèrent obstinément pour le maintien du français en Alsace. Il serait injuste de ne pas rappeler ici leurs courageux efforts.

Des journaux, rédigés en français, comptaient à Strasbourg, à Metz, à Mulhouse, à Colmar de nombreux lecteurs. Des publications artistiques, telle la *Revue alsacienne* du docteur Bücher, entretenaient en Alsace le culte de la littérature française ; les œuvres satiriques de Hansi et de Zislin, si populaires en Alsace, y répandaient le goût du pur esprit gaulois ; les représentations françaises, parcimonieusement autorisées par les Allemands, emplissaient les salles de spectacle de Strasbourg, de Metz et de Mulhouse d'un public avide de s'instruire et d'être tenu au courant des nouveautés théâtrales de Paris.

L'Annuaire de l'Alsace-Lorraine pour 1913-1914 prétend que, dans la Basse-Alsace, sur 700.938 habitants, 671.425 n'auraient parlé que l'allemand, 26.394 le français et 1.077 le français et l'allemand ; dans la Haute-Alsace, sur 517.865 habitants, 481.375 l'allemand, 31.771 le français, 1.271 le français et l'allemand ; en Lorraine, sur 655.211 habitants, 481.460 l'allemand, 146.097 le français et 1.047 le français et l'allemand.

On fait dire à la statistique ce qu'on veut. Les Allemands abusent de la permission.

A qui feront-ils croire que la ville de Strasbourg qui,

avec ses environs, comptait en 1914 178.891 habitants, n'en aurait eu que 4.872 en état de s'exprimer en français ?

Toute la bonne société strasbourgeoise parlait le français. Elle le parlait mal, avec un détestable accent, mais elle le parlait.

M. le baron Albert de Dietrich a fait paraître sur la question de l'accent alsacien une étude très complète et très documentée, véritable traité thérapeutique que les médecins (j'entends les professeurs de prononciation) consulteront avec intérêt.

La Commission de l'enseignement du « Comité d'études économiques et administratives relatives à l'Alsace-Lorraine » a publié, sur le même sujet, un copieux rapport dû à la plume autorisée de M. le professeur V.-H. Friedel.

Tous deux sont d'accord sur les inconvénients de cet accent qui, trop aisément, pour une oreille non prévenue, se confond avec l'accent germanique.

« Il est en général facile, pour nous Alsaciens d'origine, a dit M. le baron de Dietrich, de distinguer les nôtres, mais le plus grand nombre des Français ne saisissent pas la différence qu'il y a entre un Allemand et un Alsacien et, ce qu'il y a de pire, beaucoup ne veulent pas la voir. »

Après la guerre, l'Allemand verra se fermer en France, en Angleterre, en Italie, aux États-Unis, ailleurs encore, les portes jadis si promptes à s'ouvrir devant lui.

Un « glacis » désertique s'étendra devant ses pas, non plus seulement en Alsace ou en Lorraine, mais dans la majeure partie de l'univers.

Partout on se souviendra. Partout on fera payer cher aux Austro-Allemands leur fourberie et leur cruauté.

Efforçons-nous donc de corriger l'accent des Alsaciens-Lorrains pour épargner aux victimes l'injure d'être confondues avec leurs bourreaux.

L'accent est un tic. Il est le résultat du don d'imitation que nous possédons tous à divers degrés. L'atavisme n'y est pour rien.

Enfermez un jeune perroquet, fraîchement débarqué du Brésil, avec une cuisinière strasbourgeoise et, au bout de quelque temps, vous aurez un perroquet brésilien qui vous souhaitera le bonjour avec l'accent d'un natif du Finckwiller ou de la Krutenau.

Exemple : les premiers administrateurs français en Alsace reconquise s'empressèrent d'y organiser des écoles françaises. Je me plais à rendre ici un hommage particulier au commandant Laurent Athalin qui fut un des instigateurs de ce mouvement. Les instituteurs manquaient. On prit ceux que l'on avait sous la main, parmi les corps de troupe qui cantonnaient en Alsace. Un beau matin on s'aperçut, avec épouvante, que les enfants d'un petit hameau des environs de Saint-Amarin s'interpellaient dans les rues avec l'accent du Midi. On ne leur en demandait pas tant. C'est que leur instituteur était de Cahors. On se hâta de le remplacer.

On peut, en ne s'y prenant pas trop tard, guérir un Alsacien de son accent en le changeant de milieu. J'ai connu un jeune Strasbourgeois, que le démon du théâtre avait mordu, qui s'était présenté au Conservatoire de Paris et qui s'en était vu marchander l'entrée à cause de son accent. Il jura de s'en défaire et, pour y parvenir, il s'attacha à ne fréquenter que des personnes qui parlaient correctement. Il supporta sans se rebiffer les moqueries, les sarcasmes, allant au-devant des critiques, suppliant qu'on le corrigeât toutes les fois qu'il prononçait un mot de façon défectueuse.

Il fit plus. Il eut le courage de rompre, du jour au lendemain, avec ses compatriotes pour ne pas subir la contagion de leur langage. On blâma cet abandon, on le lui reprocha. Il fit la sourde oreille et, en peu de temps, sa prononciation s'était modifiée de telle sorte qu'il put prendre part aux concours de comédie du Conservatoire et l'emporter sur ceux de ses camarades qui n'avaient pas eu à vaincre les mêmes difficultés.

La guerre lui a permis de montrer que, s'il n'avait plus son accent strasbourgeois, son cœur du moins était demeuré alsacien.

Ma conviction est que ce n'est point par des démonstrations scientifiques que l'on pourra parvenir à amender l'accent des Alsaciens, mais par l'exemple, en détruisant les effets d'une mauvaise habitude par ceux d'une habitude meilleure.

Il importera donc, si l'on veut purger à tout jamais la prononciation des Alsaciens de cet accent qui est leur pire ennemi, de n'admettre en Alsace-Lorraine, comme l'a très bien dit M. Friedel, aucun maître d'école, aucune maîtresse, aucun professeur, fussent-ils très savants en d'autres matières, s'ils ne justifient d'une diction impeccable.

L'ouvrage de M. de Dietrich, commenté dans les universités et les écoles normales, pourra servir de guide aux futurs instituteurs, mais, avant tout, ces instituteurs devront être en mesure de prêcher d'exemple, de façon à habituer les oreilles de leurs auditeurs à toutes les nuances du beau langage français, purement exprimé, et à agir sur eux comme firent le maître d'école cadurcien sur les enfants de la vallée de Saint-Amarin et la cuisinière strasbourgeoise sur le perroquet du Brésil.

Il va de soi que le programme de l'enseignement en Alsace-Lorraine devra être transformé de fond en comble et que, sans en exclure de façon systématique l'étude de la langue allemande, ce sont les méthodes françaises qui devront être appliquées dans toutes les branches de cet enseignement.

Pourtant il ne suffira pas d'assurer aux enfants, aux jeunes gens et aux jeunes filles une instruction française. Il faudra que cette instruction s'étende aux générations qui en ont été privées depuis 1871.

Comptons tout d'abord sur l'enfant dont l'influence persuasive saura s'exercer au foyer familial. Ceux de Massevaux, de Thann et de Dannemarie se sont faits les professeurs de leurs parents, heureux d'avoir, à leur tour, quelque chose à leur apprendre, et il faut reconnaître qu'ils ont été pour beaucoup dans l'adoption rapide de la langue française par les populations de l'Alsace reconquise.

Des cours postscolaires d'adolescents, gratuits, obligatoires pour les jeunes gens jusqu'à l'âge de vingt ans et jusqu'à dix-huit ans pour les jeunes filles, facultatifs pour les personnes plus âgées, devront être organisés, dans chaque commune, dans les conditions indiquées par la loi du 13 mars 1917 : cours de langue française, d'histoire, de géographie et spécialement de lecture à haute voix et de prononciation dont on profitera pour corriger les idées fausses que les Allemands se sont toujours efforcés d'entretenir sur la France, sur son histoire et sur sa civilisation ; les sociétés chorales seront invitées à ne chanter qu'en langue française ; des journaux gratuits, de lecture facile, rédigés exclusivement en français, illustrés, si possible, seront distribués à profusion dans les campagnes, des bibliothèques ouvertes dans toutes les mairies.

M. Friedel recommande avec raison l'usage du phonographe avec morceaux choisis de prose ou de vers récités par nos meilleurs diseurs.

Mais c'est le théâtre surtout qui pourra aider à répandre parmi les populations d'Alsace et de Lorraine le goût de la langue française.

Jamais le pouvoir éducateur de l'art dramatique n'aura été appelé à s'employer plus utilement.

Le théâtre, en effet, ne se contentera pas d'enseigner aux Alsaciens le français, il leur apprendra le bon français, celui de nos chefs-d'œuvre, avec la façon de l'articuler.

Les villes de Strasbourg, de Mulhouse, de Colmar, de Munster, de Sainte-Marie-aux-Mines, de Haguenau, de Saar-Union, de Metz, de Thionville, de Sarrebourg, possèdent des théâtres ; on trouve jusque dans les bourgs les plus modestes des salles de concert, de gymnastique, de fête ou de cinéma facilement transformables en salles de spectacle.

Les théâtres de Strasbourg, de Metz, de Colmar, de Mulhouse, de Thionville, tout en conservant leur autonomie pour ce qui est du genre de l'opéra, de l'opéra-comique ou de l'opérette, devront être tenus, par leurs cahiers des charges, d'entretenir des compagnies dramatiques qui périodiquement se rendront dans les petites villes et les bourgs de plus de 5.000 âmes, situés dans leur sphère, pour y donner, tous les huit ou quinze jours, selon l'importance de ces localités,

des représentations de comédie, de drame, voire de tragédie, comprenant les œuvres célèbres des écrivains qui ont
illustré la scène française depuis le dix-septième siècle jusqu'à nos jours.

Ces compagnies, auxquelles viendront bénévolement se
joindre, de temps en temps, quelques artistes réputés de
Paris, seront assez nombreuses pour pouvoir, sans nuire à
l'entretien de leur répertoire et à l'exploitation de leur
propre théâtre, assurer ces tournées périodiques. Elles
devront être composées d'artistes choisis, je ne saurais trop
le répéter, parmi ceux qui posséderont la meilleure diction.

Des facilités seront accordées par les chemins de fer pour
permettre aux habitants des plus petits villages environnants
de se rendre, le jour ou le soir venus, au lieu de la représentation, dont le programme aura été affiché à la porte de
chaque mairie, et le prix des places de cette représentation
devra être mis à la portée des bourses les plus modestes.

Les élèves des lycées, des pensionnats de garçons ou de
filles, même ceux des moindres écoles villageoises y seront
reçus gratuitement et s'y rendront en corps sous la conduite
de leurs maîtres.

L'État devra subventionner très largement les théâtres
qui auront à leur charge l'entretien de ces compagnies dramatiques et l'organisation de ces tournées régionales.

Cette subvention aidera les municipalités de Strasbourg,
de Metz, de Colmar, de Mulhouse à maintenir le niveau
artistique de leurs théâtres.

L'Alsace et la Lorraine vont être, au lendemain de la
paix, un but de pèlerinage pour de très nombreux Français
comme pour de nombreux Anglais, Américains, Italiens,
Belges, Portugais, Grecs, Serbes, Roumains, nos vaillants
alliés d'aujourd'hui, nos fidèles amis de demain.

Pour les recevoir dignement, pour leur témoigner sa
reconnaissance et sa joie, l'Alsace-Lorraine redevenue française se mettra en frais. Elle organisera des fêtes dignes de
ses hôtes, elle multipliera, en leur honneur, les distractions
qui contribueront à les retenir.

Aux yeux des Alsaciens-Lorrains aussi, la France voudra

se montrer dans toute sa gloire, dans toute sa beauté, parée de toutes ses grâces, de toutes ses richesses. Les lettres, les arts, le théâtre, ne sont-ils pas les plus nobles joyaux de sa couronne ?

Le théâtre de Strasbourg est célèbre. Son orchestre, avant 1870, passait pour être le meilleur orchestre de France, après ceux de l'Académie de Musique et de l'Opéra-Comique. C'est cet orchestre qui, sous la direction du maître Hasselmans, donnait à Baden-Baden, à l'époque où il était de mode de se rendre, chaque été, dans cette ville d'eaux, connue pour ses forêts vertes et pour son tapis de même couleur, des concerts symphoniques dont la réputation était mondiale. Un riche Strasbourgeois, M. Apfel, en léguant toute sa fortune au Conservatoire de sa ville natale, avait permis de former et d'entretenir cet orchestre, qui était mis gratuitement, par la ville, à la disposition de son théâtre.

Une importante subvention accordée par la municipalité, la concession d'une salle magnifique de 1.500 places, le nombre des abonnés et le goût que le public strasbourgeois a toujours manifesté pour le théâtre et la musique, constituaient un ensemble d'avantages qui permirent aux différents directeurs qui se succédèrent à Strasbourg : Bernard, Halanzier, Amable-Mutée, Émile Marck, d'y réunir, durant vingt-cinq ans, un ensemble d'artistes digne des plus grandes villes de France.

L'opéra populaire de Gounod, *Faust*, n'avait réussi qu'à moitié, lorsque Carvalho en offrit la primeur aux Parisiens en 1859, au Théâtre lyrique. L'ouvrage s'était péniblement traîné jusqu'à l'époque de la fermeture d'été, ne réalisant que d'insuffisantes recettes : il allait être abandonné quand Strasbourg le monta et le donna avec un succès tel que le bruit en retentit jusqu'à Paris.

Gounod accourut, entraînant avec lui Carvalho, et c'est l'enthousiasme du public strasbourgeois, dont fut témoin le directeur du Théâtre lyrique, qui détermina la reprise à Paris de l'œuvre maîtresse de Charles Gounod. On sait quelle fut, depuis lors, sa fortune.

Le théâtre de Strasbourg, incendié par l'artillerie du

général Werder en 1870, fut reconstruit sur les anciens plans et devint un théâtre allemand comme les autres.

Le tableau de troupe de la saison 1914-1915 avait été présenté le 15 juillet 1914 au public, sous les auspices du D$^r$ Schwander, burgermeister de Strasbourg.

Il se composait de 23 chanteurs, de 21 comédiens (sans compter les artistes en représentation), de 45 choristes, de 43 ballerines et d'environ 50 employés, machinistes, électriciens, régisseurs, bureaucrates, décorateurs, tailleurs et habilleurs, le tout placé sous la haute direction de l'intendant Anton Otto.

L'abonnement aux fauteuils, valable pour 180 représentations, coûtait 432 marks (540 francs) soit 2,40 marks (3$^f$20) par représentation.

Une place de parterre était, pour 180 représentations, tarifée 243 marks (303$^f$75), soit, 1,35 mark (1$^f$68) par représentation.

Ces prix représentaient un rabais de 40 °/₀ sur le prix ordinaire des places.

Le programme lyrique de la saison comprenait, en quantités égales, des œuvres allemandes, françaises et italiennes : *Pelléas et Mélisande* de Debussy y voisinait avec l'*Électre* de Richard Strauss, la *Louise* de Charpentier avec *Rienzi* de Richard Wagner, et *M$^{me}$ Butterfly* de Puccini y coudoyait la *Rose du Jardin d'Amour* du maestro Pfitzner, directeur du Conservatoire de musique de Strasbourg.

Le répertoire classique tenait une place importante sur ce programme : Mozart et Glück pour la partie musicale, Goethe, Schiller, Shakespeare pour la partie littéraire.

Corneille, Racine et Molière y brillaient par leur absence. Ils est vrai que les Allemands ne comprennent pas Molière. Ils en conviennent sans honte apparente.

Si l'on en croit les articles parus, depuis la guerre, dans les journaux locaux, la gestion d'Anton Otto n'aurait pas été sans soulever certaines critiques, car il y était fortement question de son remplacement.

Le public strasbourgeois, du reste, se désintéressait tout à fait de ce qui pouvait se passer sur la scène de son théâtre municipal, jadis si florissant. Il ne s'y montrait que de façon accidentelle, pour fêter la venue d'une troupe française en tournée, le passage d'un grand artiste comme Coquelin, ou quand la représentation, donnée au profit d'une œuvre bienfaisante ou patriotique, comme celle qui eut lieu en 1908 au profit de l'érection du monument de Wissembourg, réunissait sur l'affiche quelques noms d'artistes particulièrement chers aux Alsaciens.

Les Allemands n'assistaient qu'en très petit nombre à ces représentations extraordinaires, non qu'il leur répugnât d'y prendre part, mais à cause des difficultés qu'ils avaient à se procurer les billets d'entrée, accaparés sous le manteau, bien avant l'heure de l'ouverture des bureaux, par la société strasbourgeoise.

J'ai reçu de M. Blumenthal, le député d'Alsace, ancien maire de Colmar, les renseignements suivants sur le théâtre de Colmar. Je copie sa lettre :

A Colmar, sous mon administration, pendant les dix dernières années, le théâtre était exploité par la ville en régie. Le directeur était un employé (directeur artistique). Nous avions une troupe d'opéra, une troupe d'opérette et une troupe de comédie.

Le résultat financier se soldait par un excédent de dépenses d'environ 85.000 marks par année.

Le prix des places était d'environ 3 marks à 3,50 marks, pour les loges et fauteuils d'orchestre et de balcon, 2 marks pour le parterre, 1,50 mark à 1 mark pour les galeries.

Les abonnements généraux et ceux de douze représentations offraient de très sensibles réductions.

On jouait jusqu'à quatre et cinq fois par semaine (ce qui était de trop pour une ville de 44.000 habitants).

Une commission mixte, composée de conseillers municipaux et d'amateurs de théâtre, rendait de grands services, notamment en couvrant l'Administration vis-à-vis des réclamations provenant de ceux des contribuables qui n'estimaient pas la bonne influence qu'exerce le théâtre à sa juste valeur.

Comme moyen de francisation, le théâtre sera certainement l'un des plus efficaces moyens de propagande.

Daniel BLUMENTHAL.

Le théâtre municipal de Mulhouse qui, pendant de longues années, s'était contenté de donner asile aux troupes ambulantes et d'être une sorte de succursale du théâtre de Bâle qui lui assurait deux ou trois représentations par semaine, haussa son ambition en 1902 et prétendit avoir, comme celui de Colmar, son autonomie. Il fut, à partir de cette époque, mis en régie et administré pour le compte de la ville. Le dernier de ses administrateurs se nommait Schwantge. C'était un très modeste acteur, venu d'outre-Rhin.

La troupe se composait des éléments nécessaires à tous les genres : opéra, opéra-comique, opérette, comédie et tragédie. Elle était très complète et comprenait jusqu'à un corps de ballet. Les représentations étaient quotidiennes, et la saison, qui commençait le 1er octobre, se prolongeait jusqu'au mois de juin.

La subvention mise à la disposition du théâtre par la municipalité de Mulhouse s'élevait à 160.000 marks, sans compter l'entretien du bâtiment, son éclairage et nombre de frais accessoires qui s'inscrivaient en d'autres parties du budget.

Cette subvention était généralement insuffisante, les Mulhousiens ne fréquentant guère leur théâtre. La haute bourgeoisie et les industriels ne s'y montraient jamais. On n'y rencontrait que des fonctionnaires allemands et des officiers qui jouissaient d'une réduction sur le prix des places, avec quelques commerçants immigrés, en majorité israélites.

Sauf pour les représentations populaires que le théâtre était tenu de donner tous les quinze jours et pour les matinées du dimanche qui attiraient la clientèle des environs, la salle restait vide aux trois quarts et ne reprenait quelque animation qu'au passage des tournées françaises que le théâtre de Mulhouse avait été autorisé à recevoir douze fois par an.

La municipalité de Mulhouse a donc payé fort cher la gloire de posséder, comme Strasbourg et Colmar, un théâtre important. Ce sacrifice lui avait été imposé dans un but politique par le maire immigré Kayser, qui, de 1902 à 1908, avec l'appui du député socialiste Emmel, a essayé, sans résultat, de germaniser la ville de Mulhouse, en ruinant consciencieusement ses finances.

Le théâtre de Metz était livré à l'exploitation privée, avec une subvention annuelle, qui, de 15.000 francs de 1871 à 1881, pour une troupe de comédie et d'opérette, s'éleva, plus tard, à 20.000 et 25.000 francs, avec l'obligation pour le directeur d'entretenir une double troupe française et allemande.

A partir de 1888, il n'y eut plus par semaine qu'une seule représentation française, donnée par la troupe du théâtre de Nancy, les autres représentations étant réservées, par ordre, au répertoire allemand.

Le théâtre municipal de Metz était fort délabré et le Gouvernement allemand en avait prévu la reconstruction.

Il avait été dirigé, pendant quelques années, par le sieur Bruchs, mari d'une princesse bavaroise. Le ménage défrayait la chronique scandaleuse de la ville. Bruchs dut se retirer, laissant derrière lui de nombreuses dupes et une situation financière à ce point obérée qu'il fallut à la ville plusieurs années pour la liquider.

L'intendant Waag lui succéda, sous le contrôle d'une commission spéciale déléguée par le Conseil municipal. Il vient lui-même d'être remplacé, à son tour, par le « dramaturge » Dr von Kutzschenbach. Le règne de ce dramaturge aura été de courte durée.

Comme celui de Strasbourg et celui de Mulhouse, le public messin ne se dérangeait que pour aller applaudir les artistes français en tournée et les représentations hebdomadaires de la troupe de Nancy.

Thionville aussi avait son théâtre. C'était un ancien marché aux grains que l'on avait transformé en salle de spectacle. Ce théâtre était placé sous la dépendance de celui de Metz qui, deux ou trois fois par semaine, y envoyait ses artistes donner des représentations en langue allemande.

La municipalité n'en voulait point subventionner d'autres, et il fallut, pour attirer à Thionville de temps à autre

quelque troupe française, qu'un syndicat d'amateurs s'occu-
pât de lui assurer une recette suffisante, en prenant à sa
charge les frais de location de la salle, sans jamais parti-
ciper aux bénéfices.

La musique du régiment d'infanterie en garnison dans la
ville fournissait l'orchestre.

Il y eut, en 1910, au théâtre de Thionville, un incident
qui faillit amener la suppression complète des représentations françaises.

Une tournée, dirigée par M. Vast, avait affiché la *Fille
de Roland*. On sait que l'œuvre de Henri de Bornier écrite
sous l'impression des événements de 1870-1871 est d'un
ardent mouvement patriotique. Lorsque éclata ce vers :

Tout homme a deux pays, le sien et puis la France,

ce fut dans la salle un tel transport d'enthousiasme, un tel
tonnerre d'applaudissements que les officiers allemands
qui assistaient à la représentation crurent devoir se lever
et quitter leurs places.

Le lendemain, les représentations françaises étaient
interdites par ordre de la Kommandantur.

Elles ne furent tolérées par la suite qu'avec le contrôle d'une commission, qui, sous sa responsabilité per-
sonnelle, fut chargée de censurer les œuvres, et leur nombre
fut réduit à six par année.

Je n'ai pas besoin de dire que le premier soin des com-
missaires de la République, envoyés en Alsace et en
Lorraine pour y administrer nos provinces reconquises,
aura été d'en expulser les troupes théâtrales allemandes et
de faire place, sur les scènes municipales de Strasbourg,
de Metz, de Colmar et de Mulhouse, aux représentations
françaises, qui y seront désormais données de façon exclu-
sive.

J'ai parlé tout à l'heure, à propos de la dotation Apfel,
du Conservatoire de musique de Strasbourg.

Les conservatoires pourront rendre de grands services à
l'œuvre du perfectionnement de la prononciation du fran-

çais en Alsace-Lorraine, en ajoutant à leurs classes musi-
cales des cours de déclamation ouverts aux jeunes gens des
deux sexes.

Les professeurs pourront se recruter parmi les artistes
des compagnies dramatiques dont il a été question, et il
leur sera recommandé d'organiser, avec leurs élèves, des
représentations et exercices publics.

Loin de moi la pensée de faire de l'Alsace une pépinière
de petits comédiens, mais, dans bien d'autres branches de
métier que le théâtre, n'est-il pas souvent nécessaire de
savoir parler en public et de s'y être entraîné ?

Ces exercices contraindraient les élèves à surveiller leur
diction et les guériraient de la timidité qui, trop souvent,
empêche les jeunes intelligences de se révéler.

Je n'ai pas à rappeler que l'éducation par le théâtre a
été très en faveur dans les collèges dès le seizième siècle.
On y représentait, entre écoliers, les grands classiques
grecs et latins inconnus du vulgaire et même des œuvres
inédites. Les premières tragédies de Jodelle virent le jour
sur les scènes scolaires de Reims et de Boncourt. C'est le
collège de Reims qui, en 1552, représenta sa *Cléopâtre
captive* devant le roi Henri II en personne.

On a dit, avec juste raison, que les collèges avaient puis-
samment contribué à la renaissance théâtrale en France.

Les pères Jésuites, au dix-septième siècle, réservèrent dans
leurs établissements une place importante aux exercices
dramatiques et littéraires, destinés à fortifier la mémoire
de leurs élèves, à châtier leur élocution et à leur inculquer
les belles manières et l'élégance des attitudes. Les tragédies d'un caractère religieux représentées chez les Jésuites
étaient écrites en latin. Elles avaient pour auteurs ordi-
naires les Pères eux-mêmes.

Je n'ai pas à rappeler non plus que M^{me} de Maintenon
introduisit le même système dans le programme de l'éducation qu'elle s'était chargée de donner aux demoiselles
nobles à Saint-Cyr et que c'est à leur intention que Racine
écrivit *Esther* et *Athalie*.

Il serait fort à désirer que cette tradition qui, en France, s'est conservée dans quelques écoles normales et séminaires, fût adoptée par les lycées, collèges et pensionnats d'Alsace-Lorraine et, en particulier, par les écoles normales où se prépareront les futurs instituteurs. Rien ne serait plus favorable au perfectionnement de leur diction.

J'assistais, un soir, au Théâtre-Français, à une représentation de *Lucrèce Borgia* et j'avais pour voisin le directeur de l'un de nos grands lycées parisiens qui semblait prendre, à l'audition du drame de Victor Hugo, un plaisir extrême. Je ne tardai pas à remarquer que ses yeux s'illuminaient d'une flamme particulière toutes les fois que le traître Genaro était en scène. Il crut devoir s'en expliquer.

C'est qu'autrefois, me confia-t-il, à la Normale, nous avons joué *Lucrèce Borgia* entre élèves, et c'est moi qui représentais Genaro.

Il revivait ce souvenir, ses lèvres frémissantes devançaient l'acteur, laissant par bribes échapper les répliques du rôle. Sans doute se revoyait-il en pourpoint et en haut-de-chausse, car, à plusieurs reprises, je le surpris qui tendait le jarret, tandis que sa main gauche cherchait sur le bras du fauteuil la poignée absente d'une épée.

Si je conte cette anecdote, c'est pour rassurer les familles, pour leur démontrer que l'on peut avoir trempé ses lèvres à la coupe du théâtre sans prendre goût au vin capiteux qu'elle contient et qu'il est permis d'instruire les enfants en les amusant, sans risquer de nuire à leur avenir.

L'Académie de Strasbourg, dont le ressort, comme le propose M. Christian Pfister, professeur à la Sorbonne, dans son remarquable rapport sur l'Université de Strasbourg, s'étendra aux départements reconstitués du Bas-Rhin, du Haut-Rhin et de la Moselle, s'efforcera d'y développer, par tous les moyens en son pouvoir l'étude de la langue française.

Trois inspecteurs spéciaux, un par département, nommés par le ministre, devront être mis à la disposition du recteur de l'Académie et chargés, en son nom, d'aller visiter les établissements d'enseignement de la circonscription, les lycées, collèges, conservatoires, pensionnats et jusqu'aux plus modestes écoles villageoises pour y surveiller la prononciation des élèves avec celle des professeurs. Ils assisteront aux cours, feront des conférences publiques et signaleront au recteur les modifications qu'il serait urgent d'apporter dans le personnel enseignant.

J'ai dit que l'intervention de l'État me paraissait nécessaire pour donner un éclat particulier aux théâtres d'Alsace-Lorraine et pour leur permettre d'apporter à l'œuvre de diffusion de la langue française le précieux concours de leurs tournées littéraires.

Les municipalités se chargeront volontiers de l'aménagement des salles de spectacle, ayant tout intérêt à encourager des représentations qui, périodiquement, attireront vers leur commune la population des environs.

Le département pourra prendre à sa charge ce qui aura trait à l'enseignement, notamment l'entretien des spécialistes de la diction dont il sera nécessaire d'assurer le concours à tous les conservatoires, lycées et pensionnats.

La mise en œuvre de tous les moyens d'action que j'ai indiqués en passant : création de bibliothèques dans les mairies, conférences par des célébrités de la parole, distribution gratuite et abondante de journaux et brochures destinés à répandre dans tout le pays le goût de la langue française, avec tout ce que l'initiative privée pourrait ajouter à un programme qui n'est ici qu'esquissé, pourrait être le rôle d'une Société qui aurait son siège à Strasbourg et pour but l'étude de la langue française et le perfectionnement de sa prononciation dans les provinces redevenues françaises.

ALBERT CARRÉ.

NANCY, IMPRIMERIE BERGER-LEVRAULT — DÉCEMBRE 1918

NANCY, IMPRIMERIE BERGER-LEVRAULT